하나를 얻기 위해
백을 버린 여자

하나를 얻기 위해 백을 버린 여자

발행일   2016년 11월 1일

지은이   노 희
펴낸이   손 형 국
펴낸곳   (주)북랩
편집인   선일영   편집   이종무, 권유선, 안은찬, 김송이
디자인   이현수, 이정아, 김민하, 한수희   제작   박기성, 황동현, 구성우
마케팅   김회란, 박진관
출판등록   2004. 12. 1(제2012-000051호)
주소   서울시 금천구 가산디지털 1로 168, 우림라이온스밸리 B동 B113, 114호
홈페이지   www.book.co.kr
전화번호   (02)2026-5777   팩스   (02)2026-5747

ISBN   979-11-5987-278-5 03810(종이책)   979-11-5987-279-2 05810(전자책)

이 도서의 국립중앙도서관 출판예정도서목록(CIP)은 서지정보유통지원시스템 홈페이지(http://seoji.
nl.go.kr)와 국가자료공동목록시스템(http://www.nl.go.kr/kolisnet)에서 이용하실 수 있습니다.
(CIP제어번호 : CIP2016026035)

노희 시집

하나를 얻기 위해
백을 버린 여자

13년 만에 찾아온 노희 시인의 세 번째 감성 시집

북랩 book Lab

시인의 말

어느덧 가을이다.

날로 깊어가는 이 가을에 나는 아직 여름을 살고 있다.

감나무에 매달려 있는 시퍼런 감이 그렇고, 아직 길게 뻗지 못한 고구마 순이 그렇고, 짙푸른 은행나무 잎이 그렇다.

내 안에 펄펄 끓고 있는 이 불볕더위를 숙명처럼 끌어안고 나의 속사람은 한동안 피할 수 없는, 아니 피해서는 안 될 치열한 내전을 홀로 감내하며 묵묵히 치러내야만 한다.

시퍼런 감이 누렇게 익어 단내 나는 홍시가 될 때까지,

여린 고구마 순이 길게 뻗어 굵게 잘 여문 고구마를 수확할 때까지,

짙푸른 은행나무 잎이 노랗게 단풍들 때까지,

내 영혼의 아름다운 결실의 계절이 찾아오는 그

날까지….

　시가 있어 가능한 일임을 믿는다.

　시가 있어 풍요의 가을을 꿈꿀 수 있겠다.

　시가 있어 하루하루 넉넉히 기다릴 수 있으리라.

　해설을 써주신 이충재 선생님!

　격려의 글을 건네주신 김선근 시인님!

　교정을 보아주시고 예쁜 시집을 만들어주신 북랩
편집진 여러분께 마음 숙여 감사 인사 올립니다.

　감사합니다. 아름다운 생이 되시길 기원합니다.

　오랜만에 새로운 시작의 출발점에 서 있는 시집,

　부끄럽고 설렌다.

　창밖 햇살이 곱다. 하늘이 참 맑다.

2016년 가을에

노희

목차

2부 너를 만난 후

✳

3부 시를 쓰는 여자

✳

4부 일용할 양식

5부 새로운 시작을 위하여

✳

"시(詩)의 소반에 차려진 사랑과 신앙과

　　　　　　　　의미의 양식을 먹는 즐거움"

- 노희 시인의 세 번째 시집 『하나를 얻기 위해 백을 버린 여자』에 붙여 -

1부 바람 부는 날이면

노을

저녁노을이 저리
고운 건 오늘 하루를
자알 살아온 까닭이지요

하나를 얻기 위해 백을 버린 여자

이 봄에

어김없이 꽃은 피고

어김없이 줄을 잇는 연두행렬

어김없이 다시 찾아온 내 생애, 봄날

오월의 숲

숲이 되게 하소서

울창한 나무

초록으로 빛나는 무성한 나뭇잎

나뭇가지에 앉아 정겹게 주고받는 산새들의 담소

적막을 흔들고 가는 바람

보는 이 없어도 저만치 홀로 피어 홀로 겨운 산나리꽃

나직나직 흐르는 개울물 소리

한가로이 노니는 노루와 사슴

싱그러운 풀 내음

시원한 그늘

늦진 풀숲 사이로 아른아른 비치는 고운 햇살

산봉우리 봉우리마다, 산골짜기 골짜기마다

푸르디푸른 생의 빛깔과 삶의 몸짓으로

산 향기 가득한

오월의 숲

늘 푸른 숲이 되게 하소서

봄의 상실

1.

산성비 구름 여전한
허리 잘린 산야에 꽃으로 피기 두려워
우주 저편으로 몸을 숨긴 것이다

2.

강남 갔던 제비가
소식 듣고 돌아오는 길에
바람을 만나 정분이 났다 한다

3.

온난화 탓이 아니다
강남 갔던 제비가 돌아오지 못한 때문도 아니다
내 안 동굴 속 깊은 곳에
눈 떠야 할 어린 곰이
아직 겨울잠에서 깨어나지 못한 까닭이다

여름이 오면

사루비아 꽃으로 피고 싶어
암자 같은 정원 한가득
커커이 꽃 등불 켜고
어른님 눈 밝히는 화녀가 되고 싶어
금방울 흔들며 배꼽춤 추는 무희처럼
새빨간 그리움 온몸으로 흔들며
정수리까지 타오르는
열꽃이 되고 싶어
아스라이 사루어 한 줌의 재
빈~들이 되어도 좋아
한 계절 근사한 축제가 되고 싶어

하나를 얻기 위해 백을 버린 여자

폭우가 내려

파도가 문자하여

물새가 보고 싶다 하여

무인도가 기다린다 하여

홀로 찾아 나선 바다

예보 없는 비가 내려

폭우가 내려

우비 없는 내 사랑

뼛속까지 젖었네

초가을 비

초가을 비
추적추적 내리는
늦은 오후

뒤뜰 개나리 담장 사이로
대롱대롱 매달려 있는
애호박 한 덩이 따다가
어머니 만드시던 호박전 만들어
비 오는 날이면
연안부두에 가고 싶다던
내 오랜 죽마고우 청하여

치악산 감자 막걸리 한 잔
차~알~찰 넘치도록
따라주고 싶은데

하나를 얻기 위해 백을 버린 여자

가을 바다

청명한 가을날
산이 아닌
바다에 갔었지요

높은 하늘
가슴에 품고
은애하는 마음

물밑 해초처럼
몸을 숨긴 채

푸르디푸른
그리움
하얗게, 하얗게

아스라이 부서져 내리는
여인 같은
파도를 보았지요

물이 되고 싶어서

아래로 아래로
몸 낮춰 흐르는 물이 되고 싶어서

내려가고 내려가는
고웁디 고운 물줄기가 되고 싶어서

바닥까지 화안히 보이는
맑으나 맑은 물방울이 되고 싶어서

하나를 얻기 위해 백을 버린 여자

맑은 물

화악산 계곡에서 보았던
그 맑은 물처럼

하늘가에 피어난
구름의 눈빛도
그렇게 맑았으면

그처럼 맑은 구름 다시 빗물 되어
가뭄 든 논과 밭 사이사이
고르게 내렸으면

마른 땅 흠뻑 적시며
땅속 깊이 스며든 사랑
마침내 우리 가을 인생에
풍년이 되었으면

지구촌 한 귀퉁이
배고픈 아이에게 다소
나눔이 되었으면

황진이 님께

삼십 년을
벽만 보고 참선해 온
생불이라 불리우는 송도의 고승
지족선사를 한 방에 날리셨다면서요

그리 긴 세월을
수행 정진해 온 분이
한 방에 넘어간 것도 그렇지만
어쩌자고 그런 장난기를 발동하셨습니까

끝까지 책임질 것도
아니면서 그렇듯 순진한 분을 흔들어
파계의 길로 내몬 상황은
장난치고는 좀 과했다 생각되지 않으신지요

하나를 얻기 위해 백을 버린 여자

사람의 약한 부분을
남자의 급소를, 여자의 음부를
시금하는 건
사람이 사람에게
여자가 남자에게, 남자가 여자에게
할 짓이 아니라 생각되어서요

바람 부는 날이면

머리 반백인 어느 촌부가 부르던
정선 아라리를 듣고 싶다

어릴 적 농사짓던 내 아버지 손마디, 근육 같은
내 어머니 즐겨 입던 무명치마 저고리 같은

들을수록 친근하고
들을수록 가슴 저린

'아라리 아라리요'
슬프디 슬픈 아우라지 가락 따라
'굽이굽이 펴리라'던 여인네 마음 따라
그립디 그리운 내 고향 용궁으로 가는 신작로 따라

외홀로 떠도는 실바람 되어
가없는 귀향길 가만 떠돌고 싶다

하나를 얻기 위해 백을 버린 여자

산꼭대기에서

돌아가는 길을 잃었다
갈래갈래 이 많은 길 중에 집으로 가는 길을 모르겠다
해는 부지런히 제 갈 길을 가고 있는데
돌아가야 하는 내 사랑은 도무지 내려가는 길이 보이지
않는다

2부 너를 만난 후

어떤 사람

잠시 만났을 뿐인데
오래오래 기억나는 사람

긴 시간을 이야기해도
좀 더 이야기하고 싶어지는 사람

여러 날을 함께 지내도
그의 한계가 보이지 않는 사람

잠잠히 침묵을 유지하는데도
깊은 신뢰가 가는 사람

그리 가깝지 않은 사이인데
왠지 편안한 사람

주어도 주어도
전혀 후회되지 않는 사람

하나를 얻기 위해 백을 버린 여자

나의 잘못된 생각을
바로 잡아주는 사람

나의 허물을
가려주는 사람

나의 상처를
보호해 주는 사람

나도 누군가에게
그런 사람이 되고 싶다

사랑에 대하여

사랑을 꿈꾸는 사람은
아직 사랑을 모르는 사람입니다

사랑을 이야기 하는 사람은
이제 막 사랑에 입문한 사람입니다

사랑을 침묵하는 사람은
이미 사랑에 대해 충분히 알고 있는 사람입니다

하나를 얻기 위해 백을 버린 여자

사랑은

먹지 않으면
생존이 불가능한
양식처럼

마시지 않으면
호흡이 불가능한
공기처럼

일하지 않으면
삶이 불가능한
노동처럼

연서

편지를 보내주세요

밤새 읽어도
그 허리가 보이지 않는
산문보다는

한 줄만 보아도
금세 마음 화-안 해지는
운문으로

그 뜻 날로 새롭고
그 밑 전혀 보이지 않는
무궁한 은유를 담아

그대만의 언어가 있는
그대만의 가락이 있는
그대만의 리듬이 있는

사랑의 편지를 보내주세요

하나를 얻기 위해 백을 버린 여자

너를 만난 후

천둥 같은 오해에 자지러지는 날도 있었다

얼음장 같은 외로움에 우는 날도 있었다

달빛 같은 그리움에 잠 못 드는 날도 있었다

아아, 암자 같은 품에 안겨 취한 날도 있었다

너를 만난 후 비로소 나는 한 여자가 되었다

그대가

신발이 되라 하면
신발이 되지요

지팡이가 되라 하면
지팡이가 되지요

가방이 되라 하면
가방이 되지요

신발이 되어
그대 가는 길
함께 떠나고

지팡이가 되어
그대 오르막길
말없이 받쳐주고

가방이 되어
그대 버거운 짐
모두 담아 가지요

하나를 얻기 위해 백을 버린 여자

다람쥐 연가

그대 앞에 나는
사랑스러운 한 마리 다람쥐가 되고 싶어

그대 마음 길 즐거이 오르내리는
부지런한 다람쥐가 되고 싶어

맑은 날에는 그대 마음 끝까지
올라가 산이 울리도록 큰 소리로 웃고 싶고

흐린 날에는 그대 마음 가장 낮은 곳으로
내려가 그대만이 알아들을 수 있는
낮은 속삭임을 건네주고 싶어

그대 앞에 나는
늘 깨어 사는 그대만의
사랑스러운 한 마리 다람쥐가 되고 싶어

고운 마음 하나

그대 향한
나의 마음을

도토리 눈금으로
제한하지 말아줘

담을 넘은 무례라고
정죄하지 말아줘

상식이나 규범을 훨씬
뛰어넘은

고운 마음 하나
곁에 있어

이 겨울
춥지 않다고

가는 길
외롭지 않다고

때로는 기쁨이고
행복이라고

다만 그렇게
생각하고
품어줘

인연

어쩌면 난 너에게
바람인지도 몰라
가지를 흔들고 잎사귀를 흔들고
뿌리까지 흔들고 싶어 안달 난
짓궂은 운명인지도 몰라

흔들리고 흔들려서
마침내 뿌리까지 내어주는 너의 슬픈 행복을
끝내 점유하기 위해
영혼까지 벗어 던진
얼굴 없는 꿈인지도 몰라

하나를 얻기 위해 백을 버린 여자

어쩌면 난 너에게

숙명인지도 몰라

마음을 포개고 살을 맞대고

한집에 살아도

여전히 부리 긴 새가 되어

벗어날 수 없는 그리움, 그 아득한

밤하늘 끝까지 날아오르는

잠들지 않는 비상인지도 몰라

너의 하늘가에 평생

이름 없이 떠도는

사랑일지도 몰라

그대는

태풍이 휩쓸고 간 빈 들판처럼
황막한 나의 인생에
거부할 수 없는
하나님의 선물입니다

가야 할 길 아직은 첩첩 먼 길인데
넘어야 할 산,
건너야 할 강,
돌고 돌아야 할 산모퉁이
끝이 없는데

가파른 삶의 질곡,
그 버거운 길목에 서서
홀로 서성이던 날

무량한 햇살처럼
은은한 달빛처럼
황량한 사막길 한 모금 생수처럼

하나를 얻기 위해 백을 버린 여자

단 하나의 빛으로
단 하나의 동반으로
단 하나의 노래로

꽃 같은 기쁨
단비 같은 소망 한 아름 안고
눈물의 구름다리 건너
홀연히 다가온
유정한 그대

그대는
빈 숲, 나목으로 서 있는
황량한 나의 생애에
갚을 길 없는
은혜 같은 선물입니다

사람을 훔치다

장발장은 배가 고파 빵을 훔쳤지만
자베르 경감처럼 집요하고 끈질긴 외로움
그의 압력에 시달려온 나는 사람을 훔쳤다
빵을 훔치다 걸린 장발장은 징계의 감옥으로 들어가
날마다 사죄의 면죄부를 발행하고 있지만
사람을 훔친 나는 스스로 마음의 법에 갇혀
가져도 가져도 채워지지 않는 무형 같은 그리움에
오늘도 눈물의 밤을 삼키고 있다
눈물 젖은 빵을 먹어보지 않고
인생의 비밀을 속속들이 풀어낼 수 없듯
눈물 젖은 밤을 삼켜보지 않고
어찌 생명으로 가는 참사랑의 등정이
가능하겠느냐며 위고로부터 보내온 편지 한 통이
피골이 상접한 나의 심령에 쓰디쓴
보약처럼 이 밤에 전달되었다

하나를 얻기 위해 백을 버린 여자

불면의 밤에

오늘밤
나의 불면은
커피 한 잔의 그리움

동그란 사기 찻잔에
반쯤 담긴
암갈색 향기

브르흐의
스콧틀랜드 환상곡
제3악장

머언 유년의
삐비꽃 피고 오두개 익던
계골밭 언덕

오늘밤
나의 불면은
뜨건 커피 한 잔의
향긋한 그리움

사랑이 무엇이더뇨

사랑이 무엇이더뇨
먹어도 먹어도
여전히 허기로 남는 그리움이더이다

사랑이 무엇이더뇨
주어도 주어도
여전히 모자라는 끝없는 아쉬움이더이다

사랑이 무엇이더뇨
비워도 비워도
여전히 채워지는 기적 같은 행복이더이다

하나를 얻기 위해 백을 버린 여자

검증된 사랑을

사랑을, 사랑을 하고 싶어요
놀이마당에서 한바탕 신명나게 놀다
그저 각자의 길로 돌아서서 가는
일회성 유희가 아니라
어느 바닷가 머드축제에 참가하여
온통 흙탕물 뒤집어 쓴 채 해 가는 줄 모르는
포르노 영화 같은 찰흙놀이가 아니라
한 울타리에 동거하며 서로의 생을 보듬는
아름다운 인연에 누가 되지 않도록
최대한의 예와 룰을 지키는
페어플레이를 하고 싶어요
제 삼 자의 깊은 공감과 감동이 가능한
검증된, 객관적 사랑을 하고 싶어요
서로에게 절망으로 끝나지 않는
안전거리를 유지하고 싶고
희망을 쏘아올린 행복한 난장이가 되고 싶기도 해요
시간이 필요하겠지요
기다림이 절대 필요하겠지요
한 스텝 한 스텝 그 과정이 요구되겠지요
계절의 변화가 필요하듯이

그리움

예고 없이 찾아온
손님처럼

문득
생각나는 사람

뽀오얀 안개꽃 한 다발
들고 와

머-언 그리움
까아만 화병에 꽂는다

그대가 보고 싶다

하나를 얻기 위해 백을 버린 여자

사랑의 공해

사랑은 하나님이시다

세상에서 가장 거룩한 이름이니

이웃집 강아지 이름 부르듯 쉽게 말하지 말라

하룻길 소풍 떠나듯 가볍게 생각하여 그 이름 욕되게 말라

평생을 쉬지 않고 걸어도 정상에 오르기 어려운

한 목숨 기꺼이 내어주고도

마주앉아 겸상하기 송구스러운

곁에 나란히 누워 잠들기조차 민망한

스스로 동격임을 감히 지칭할 수 없는

그 높이와 깊이를, 한계와 규모를

논하기 어려운, 가늠조차 쉽지 않은 무궁한 실체

지상 최대의 과업이니

인간 생존의 목적이니

차라리 눈을 감으라

차라리 침묵으로 대답하라

더 이상 혼돈과 공해가 떠돌지 않게

소우주, 대우주 지병이 더는 깊어지지 않게

3부 시를 쓰는 여자

비상

느닷없이 적군처럼 날아온 화살 한 촉
누런 햇살에 취한 연두 잔디에 박혔다
화들짝 놀란 나비 한 마리
깊은 잠 떨치고
드디어 날기 시작하였다

하나를 얻기 위해 백을 버린 여자

어느 묘비명

하나를 얻기 위해
백을 버린 여자

얻은 하나를 지키기 위해
천을 버린 여자

지켜온 그 하나를
끝까지 사랑하기 위해
전부를 버린 여자

여기에 누워 다시 꿈꾸다

나도 몰랐다

나도 몰랐다
내 안에

아마존 숲 전체를 한입에 삼켜도
모자랄 불씨 하나가
두 눈 크게 뜨고 가쁜 숨 고르며
밤낮 지켜보고 있었음을

행성 하나를 업고도 남을
커다란 짐승 한 마리가
양어깨 쭈욱 내밀고 납작 엎드린 채
등 내밀고 있었음을

하나를 얻기 위해 백을 버린 여자

비 오고 바람 불어

영혼까지 흔들리는 적막 속에

이리도 짐승스러운 생의 열망이

활화산 불꽃 열정이

분출 직전으로

무성한 정글 깊숙한 곳에

몸을 숨긴 채 이윽히 생존하고 있었음을

진정 나도 몰랐다

거처

내 마음 한 기슭에
집 한 채 지으려네

멀찍이 바다가 보이고
빽빽한 나무숲 뒤로한
양지바른 언덕바지에 터를 잡아
아침이면 온갖 새들 날아와 인사하듯 지즐 대고
벌 나비 잉잉대는 한낮이 되면
썰물 진 바닷가에 나가 게도 잡고 해초도 따면서
물새들과 이런저런 이야기도 나누면서
그러다가 밤이 오면 달빛 별빛 램프 삼아
그리운 이에게 기인 편지도 쓰면서
구름처럼 바람처럼 그렇게
유유자적 살아가려

아담한 거처 하나
내 마음에 지으려네

하나를 얻기 위해 백을 버린 여자

하나

하나를 잃으면
또 하나를 잃어야 하고

하나를 포기하면
또 하나를 포기해야 되고

하나를 타협하면
또 하나를 타협하지 않을 수 없고

하나를 지키지 못하면
또 하나가 무너지고

하나 없는 둘이 없듯
모든 시작은
그 하나에서부터 시작되고

시에게

단 하룻밤만이라도
너와 살 섞는 기막힌 밤이었으면 좋겠어
날마다 허상으로 쌓이는 그리움
이젠 그만 돌려보내고 싶어
기다림에 묶여 시간을 수절하는
그림자 절개보다는 차라리
너의 뒷덜미를 안고 뒹구는 바람난 요부가 났겠어

나의 시가 2

고단한 그대 마음
잠시 쉬어가는
공원 벤치가 될 수 있었으면 좋겠습니다

머물 곳 없는 그대 영혼
하룻밤 묵어가는
쾌적한 쉼터가 될 수 있었으면 좋겠습니다

위로받을 길 없는 그대 인생
타는 목 축이는 한 모금
시원한 물이 될 수 있었으면 참 좋겠습니다

감히 그리될 수 있기를
소망하며 시간 열어 온몸으로 기도하겠습니다

황간 역으로 오라

시 한 편 생각나면
황간 역으로 오라

항아리, 항아리 가득 담긴
시 한 보시기
쾌히 담아 내주리니

삶이 버거워 목마르거든
한적한 고향길
유유자적 거닐고 싶거든
사랑하는 이와 진정
더욱 하나 되고 싶거든

이 땅에
단 하나밖에 없는
시의 역

하나를 얻기 위해 백을 버린 여자

외갓집으로 가는

기차 타고

그대

황간 역으로 오라

3부 시를 쓰는 여자

오줌

신문을 펼쳐 들면
시날산 외투 두 벌과 금 은을 숨긴
아간의 탐욕이
스멀스멀 벌레처럼 기어 나와
활자 수만큼 기어 나와
집중하여 애독하기가 어렵고

텔레비전을 켜면
히브리 청년을 유혹하는 보디발 아내의
벌거벗은 몸뚱이가
술에 취한 듯 흐느적흐느적
화면 밖으로 걸어 나와
시도 때도 없이 노크하여
도무지 잠을 청할 수가 없고

하나를 얻기 위해 백을 버린 여자

컴퓨터를 열면

나 실인의 비밀을 캐묻는

드릴라의 망령된 혀가

본체를, 모니터를

날름날름 뱀처럼 핥고 있어

감염된 악성 바이러스

분초로 번지고 있어

도저히 작업을 진행할 수가 없고

시를 쓰는 여자

기름을 짠다

시간기름 종이기름 모국어기름
꽃기름 동백기름 콩기름 참깨기름
피기름 눈물기름 새우기름 절벽기름
산소기름 나비기름 안개기름 달빛기름
해초기름 강물기름 녹색기름 옹달샘기름
노송나무기름 자갈밭기름 별밭기름 암벽기름
철새기름 바람기름 명주실기름 새길기름 믿음기름

깊은 밤 홀로 깨어 품을 수 없는 별을 그리며
흐린 날 맑은 날 고궁을 산야를 바다를 떠돌면서
달빛 따라 우거진 소나무 숲 가파른 언덕길을 오르며
길을 막고 달려드는 서슬푸른 파도를 잠재우며
물새가 건네준 은유와 밀담 나누며
생을 기울여 전심을 기울여
기름을 짠다

사랑기름을 짠다

하나를 얻기 위해 백을 버린 여자

약속

그는 나에게
통장에 든 예금 청구하듯
흐리거나 비 오는 날이면
불빛 여린 주점에 들러
파전에 동동주 한 사발 거하게 마시자 하고
바람 불어 쓸쓸한 날이면
주인 없는 밤나무 숲으로 들어가
떨어진 알밤이나 자근자근 주워 담자 하고
쉬이 잠들 수 없는 눈 오는 밤이면
오랜 친구들 불러 군고구마 내기
고스톱 한 판 벌려보자 하고
울긋불긋 봄꽃 피어 설레임 만발하면
어딘가로 훌쩍 떠나 오롯이
둥지 하나 틀자 하고

만일 나에게

만일 나에게 준비된 대답이
하나 더하기 하나는 둘이라는 공식에
새처럼 갇혔다면 그 속에 집 짓고 살림 꾸리느라
저 푸른 하늘과 밤하늘에 빛나는 무수한
별들의 반짝임은 만나 볼 수 없었으리

만일 나에게 다가온 세상이
고운 햇살과 무성한 초록으로 눈부신
맑은 날 오월 숲이 전부였다면
그 빛과 향기에 흠뻑 취한 황홀한 계절
미처 돌려세우지 못한 채 예고 없이 찾아온
태풍 시련 어깨동무하며 함께 건너가지 못하였으리

만일 나에게 건네준 인생이
자연법칙에 따라 음양의 반복과
연단으로 일관된 하나님의 깊은 섭리가 아니었으면
그토록 매운바람 맨몸으로 맞설 겨울나무의 용기와
뿌리 깊은 인고의 세월 온몸으로 품어 노래하지 못하였으리

돌이켜 나의 한 생을 추억하노니
밤마다 불면으로 그린 눈물의 역사는
성숙으로 가는 단 하나의 지름길이요
가파른 오르막길, 천길 만길 벼랑 끝 여정은
순간순간 만나는 가없는 은혜의 현장이었음이라

그토록 먼-길 숨 가쁘게 달려온 바람 같은 한 생애
날마다 순간마다 은총으로 쌓이는 축복의 나날이었음을
다시 한 번 추억하며 고백하노니

포기할 수 없는 행복

시집 한 권 사는 값이면
분위기 좋은 카페에서 향 좋은 차나 원두커피 한 잔
마실 수 있고
방금 구운 냄새 좋은 빵 먹고도 남을 만큼 살 수 있고
따끈한 국밥 한 그릇 잘 먹을 수도 있지만
읽고 싶은 시집 한 권 사는 행복,
그 행복 포기할 수 없어서

하나를 얻기 위해 백을 버린 여자

4부 일용할 양식

그대의 사랑으로

그대의 사랑으로 나는
순한 빛깔과 향기를 품은 한 송이 꽃으로 피어날 수
있었고
파-란 하늘을 나는 한 마리 새가 될 수 있었습니다

그대의 사랑으로 나는
모든 시름을 안고 흐르는 고요한 강물이 될 수 있었고
땅에 묻히는 이름 없는 한 톨 씨앗이 될 수 있었습니다

그대의 사랑으로 나는
숲의 적막을 깨우는 한 줄 바람으로 맴돌 수 있었고
마른 목축이는 한 모금 옹달샘 물이 될 수 있었습니다

그대의 사랑으로 나는
뻘밭에 누워서도 아름다운 인생을 꿈꿀 수 있었고
먹구름 가득한 절망의 날에도 삶의 희망을 노래할 수
있었습니다

하나를 얻기 위해 백을 버린 여자

그대의 사랑으로 나는

날마다 다시 태어나는 아침 햇살이 될 수 있었고

한 걸음 성숙의 길로 접어드는 저녁노을이 될 수
있었습니다

그대의 사랑으로 시작된 나의 삶

그대의 사랑으로 마감될 나의 인생

그대의 사랑으로 진행되고 있는 나의 사랑

알파에서 오메가까지 모두 그대의 것입니다

봄날

생애, 봄날이 너무 길었다

동산에 화사한 꽃들 무더기로 피어 축제하는 날이
비율을 위반하였다

꽃잎이 져야 새순이 올라오고

맺은 열매는 새로운 계절을 만나야 탐스럽게 영글어
갈텐데

꽃향기에 취해 눈먼 날들이 너무 길었다

하나를 얻기 위해 백을 버린 여자

새해 기도 1

새해에는

좀 더 낮아지고

좀 더 맑아지며

좀 더 깊어지는

성숙의 강가로 인도하여 주십시오

늘고 1

생각은
행동을
낳고

행동은
습관을
낳고

습관은
그의 운명을
낳고

하나를 얻기 위해 백을 버린 여자

일용할 양식

마음 하나
내 곁에 있습니다

이 추위에 동사하지 않을
온돌 같은 마음 하나 내 곁에 있습니다

죽을 만큼 외로운 날
찾아가면 넉넉히 보듬어주는
애인 같은 마음 하나 내 곁에 있습니다

나는 그를
나의 일용할 양식이라 부릅니다

나는 그를
나의 인생길 동반자라 부릅니다

나는 그를
내 영혼의 주인이라 부릅니다

쉬기

캄캄한 밤입니다

길 하나 별 하나 보이지 않는

벼랑 끝 밤입니다

비는 쉬지 않고 내리는데…

바람은 점점 거세게 부는데…

도와줄 누구 하나 없는

심 산 유 곡

온몸 찌르는 가시덤불 숲

가느다란 칡넝쿨 한 줄기에 매달려

이 목숨 초를 다투는

풍 전 등 화입니다

살려주세요, 주님!

유혹

처다보지도
말라

먹는 날에는 정녕
죽으리라

엄히 경계하신
그 열매가
금단의 열매가

자꾸만
눈앞에 아른거려
자꾸만
목이 말라

오늘 밤에도
잠이 오지 않습니다

하나를 얻기 위해 백을 버린 여자

원천국교 17회

머시마들은
교과서를 보자기에 싸서
어깨에 둘러메고

가시내들은
보자기에 싼 교과서를
허리춤에 묶고

검정 돼지고무신 신고
십 리 길 오리 길을
눈이 오나 비가 오나

육 년을 하루같이
등하교하던
원천국교 17회

아버지 1

한 지붕 밑에 오롯이 살고 있는 식솔들
생계를 등짐 지고
행복을 등짐 지고
미래를 등짐 지고

오늘도
어김없이
들로 나가시는
사랑하는 우리 아버지

사모곡

어머니!

그 방에서 다시 한 번 잠들고 싶어요

마당 한 켠 장독대에

함박눈 소복소복 내려 쌓이는 푸근한 겨울밤

등잔불 밑에서 바느질하시며

들려주시던 옛날이야기 성경이야기

때로는 심청 같은 효심을 묻기도 하셨지요

아브라함 같은 믿음을 묻기도 하셨지요

호박죽 끓여 이른 저녁을 먹고

호롱불 가물가물 졸고 있는 초가집 단칸방에서

솜이불 한 채로 식구들 나란히 누워도

미움을 모르던 다툼을 모르던

그리도 즐겁기만 하던

그리도 행복하기만 하던

내 어린 시절 하나님 주신 천국 모형

지금도 선연하게 들려오는

어머니의 찬송 소리 기도 소리

자장가 삼아 다시 한 번

그 방에서 잠들고 싶어요

어머니!

친구의 질문 1

친구에게 물었다
가장 강한 것이 무엇이냐고
친구가 대답하였다
진실이라고

친구에게 다시 물었다
무엇이 가장 두려우냐고
친구가 다시 대답하였다
진실이라고

친구에게 또다시 물었다
끝까지 견딜 수 있는 힘의 근원이 무엇이냐고
친구가 또다시 대답하였다
진실이라고

진실을 이길 만큼
강하고 두렵고 힘센 장수는
다시 없노라고

하나를 얻기 위해 백을 버린 여자

친구의 질문 2

친구에게 물었다
가장 만나보고 싶은 이가 누구이냐고
친구가 대답하였다
나 자신이라고

친구에게 다시 물었다
가장 조심스러운 이가 누구이냐고
친구가 다시 대답하였다
나 자신이라고

친구에게 또다시 물었다
가장 먼저 사랑해야 하는 이가 누구이냐고
친구가 또다시 대답하였다
나 자신이라고

가장 중요하고
가장 조심해야 하며
가장 먼저 사랑해야 하는 이가
바로 나 자신이 아니겠느냐고

친구의 질문 3

친구에게 물었다
가장 아름다운 언어가 무엇이냐고
친구가 대답하였다
부드러움이라고

친구에게 다시 물었다
가장 넘어서기 힘든 유혹이 어디에 있느냐고
친구가 다시 대답하였다
부드러움이라고

친구에게 또다시 물었다
가장 맺고 싶은 인연이 누구이냐고
친구가 또다시 대답하였다
부드러움이라고

부드러움이야말로
가장 감동되는 예술이며
가장 버거운 난제이기도 하며
최고의 인연으로 꼽아 손색없지 않겠느냐고

하나를 얻기 위해 백을 버린 여자

무제 1

세상이
그리 간단하던가요?

삶이
그리 쉽던가요?

인생이
그리 길던가요?

성공이
그리 안전하던가요?

사람이
그리 믿을만하던가요?

사랑이
그리 오래 행복하던가요?

무얼 그리 두리번거리십니까?

무용대회에서

딸 아이의
청보리빛 꿈을 보았습니다

한 발짝 두 발짝
희망 점프를 시도하는
조그마한 발 동작을 보았습니다

일찍이
삶의 조화를 시연하는
작은 몸짓 또한 보았습니다

마침내
아름다운 미래 한 자락을
감고 도는 춤사위를 보았습니다

감사합니다
원장님, 선생님

하나를 얻기 위해 백을 버린 여자

5부 새로운 시작을 위하여

인생

또 하나의 이별이 나를 향해 걸어오고 있다
결코 기다린 적 없는 불청객이 나를 바라보며
이해할 수 없는 눈웃음을 흘리고 있다
문을 걸어 잠그고 매정하게 돌려세우려다
손바닥으로 하늘을 가릴 수 없는 생의 현주소를 읽고
대문 앞에 서서 정중히 맞이하기로 하였다
그 누구에게도 환영받을 리 없는, 기다리는 손님일 수는
더욱 없는 그가 내민 시한부 이별 통보에 나는
남은 일자를 천천히 확인하며
그리 놀라지 않은 담담한 표정과 담백한 언어로
짧은 인사말을 건네려 한다

하나를 얻기 위해 백을 버린 여자

편의점에서

유통기한 지난 삼각 김밥을 먹었다

먹고 나서 확인된 날짜에 소화불량이나 식중독은
없었다

판매한 알바에게 책임을 물으려다

확인 못 한 나에게도 절반의 책임은 있어 사실만
알렸다

귀가 후

배가 고팠다
무엇이든 먹어야 했다
평소에 즐기지 않던 라면이 눈에 들어왔다
이런저런 부재료는 생략하고 스프만 넣어 끓였다
급한 허기는 해결되었다

내부에서 미처 예상하지 못한
거부의사를 전해왔다
필요영양소를 고려하지 않은 채
허기만을 잠재우기 위한
임시방편 타협은 후에
더 큰 문제를 유발할 수 있다는 이유였다

방심을 넘어선 안이한 타협이 때로는
길을 막는 거대한 회오리로 돌변하여
공들여온 인생, 한 순간에 미아 되는
떠도는 철새들의 추락을 잊지 말라는
경고 같은 설득이었다

하나를 얻기 위해 백을 버린 여자

오늘 하루

오늘 하루를 자알 살아보려
밥을 먹고 차를 마시고 과일도 먹었습니다

오늘 하루를 자알 견디려
푸른 숲길을 걸었고 바닷가에서 파도소리를 들었고
물고기들과 바닷속을 유영하며 새로운 호흡법도
배웠습니다

오늘 하루를 더욱 자알 섬기려
공원으로 나가 쓰레기도 줍고 꽃모종도 옮겨 심고
사랑하기 힘든 사람의 운동화도 깨끗이 빨았습니다

해가 뜨고 노을이 지듯
좋은 날 좋은 하루가 날마다
쌓이고 또 쌓이면 명산 같은 행복이
아름다운 단풍길 데불고 날 찾아온다 하기에

뉴스

어미가 제 아이를 죽이고
죽은 아이는 더 이상 울지 않는다
우는 아이가 없는 세상은 이미 무덤 속이다

하나를 얻기 위해 백을 버린 여자

결혼 후

혼자 우는 날이 많았다
혼자서 울 일이 참 많았다

홀로 깨어 잠 못 드는 밤이 많았다
홀로 일어나 잠든 거리를 하염없이 거닐던 밤이 참
많았다

혼자 우는 날이 많은 만큼
혼자서 울 일이 많은 만큼

홀로 깨어 잠 못 드는 밤이 많은 만큼
홀로 일어나 잠든 거리를 하염없이 거닐던 밤이 많은
만큼

내 인생의 풀숲에는
형형색색 들꽃이 가득 피고 있었다

부부싸움

굳게 닫힌 대문 앞에
마침표 대신 쉼표 하나 놓고 갑니다

자칫 화재로 이어질 불꽃 전쟁 대신
노란 깃발 하나 꽂아 놓고 갑니다

당신 마음속 얼음 빗장 풀리는 날
굳게 닫힌 대문 화알짝 열어놓고

노란 깃발 뽑아 마구마구 흔드셔요

하나를 얻기 위해 백을 버린 여자

포장

택배 하나가 배달되었다
사각 상자로 된 겉포장을 열자
또 하나의 속포장이 눈에 들어왔다

어쩜 그렇게 예쁠 수가 있을까!
어쩜 그렇게 섬세할 수 있을까!
어쩌면 그렇게 환상적인 포장이 가능할 수 있었을까!

감동되었다
행복했다
내용물은 까맣게 잊고 있었다

얼마 후 그 멋진 포장 하나하나를 조심스레 풀고
내용물을 개봉하였다
바싹 마른 북어 한 축이
눈도 뜨지 않은 채 누워있었음을

아이에게

아이야!

어미의 말을 귀 기울여 주의 깊게 듣고

그 가르침대로 행하려 하면

처음에는 쓰디쓴 약을 먹듯

쉽지 않은 시작일 수 있겠으나

반복하여 행하다 보면

머지않아 익숙한 일과처럼

쉬운 행함이 가능할 터이고

가르침 따라

연습하듯 매일매일

반복하여 행하다 보면

너의 습관이 변하고

너의 품성이 변하고

너의 마음이 넉넉해지고

너의 의식이 자유로워지고

너의 자존감이 높아지고

너의 삶의 목표가 한층 견고해지며

너를 아는 이가 더욱 너를 신뢰하고 아낄 터인데

언젠가는 세상이 너의 가치에 설득 되고

그 가치를 필요로 하는 날이
그 날이 꼬옥 올 터인데

어미의 말을
마음 깊이 새겨듣고
그대로 따르기가 그리도 어렵더냐?
사랑하는 나의 아이야!

새로운 시작을 위하여

불을 켰다

먹구름 잔뜩 끼인 검은 하늘에
천둥번개 큰 울음 울고
미친 여자 헝클어진 긴 머리채처럼
정신 나간 바람 사방으로 질주하며
주야로 퍼붓던 장대비

강을 넘고 둑을 넘어
침실까지 밀고 들어와 넘실대던
그 해 초여름
이후

복구의지 전무하여
폐간처럼 내내 비워둔
곰팡내 매캐한
삶의 부재

하나를 얻기 위해 백을 버린 여자

망각의 누더기 걸치고
허기진 영혼 움켜쥔 채
목적 없이 떠돌던
그 오랜 노숙방황

이제는 돌아가리라 내 그리운 집으로…
탕자가 마음을 돌이키듯
뒤늦은 귀가의 발걸음을
옮겨놓은 어느 혹한의 늦은 밤

냉골로 기일게 누운 채
삭풍으로 문풍 대는
온기 한 점 없는
무덤 속 같은 빈-방
재기의 문지방을 넘어

새로운 시작의 불을 켰다
밝고 부드러운 불빛 방안 가득 넘치고…

부재

샤갈의 눈 내리는 마을에서
라라의 눈꽃 핀 그 예쁜 카페에서
단둘이 마주 앉아
차 한 잔 마시고 싶어도

온통 초록으로 흐르는 화사한 계절에
꽃향기 분분한
한적한 공원길을
손잡고 나란히 거닐고 싶어도

해 질 녘, 서로 등 맞대고 기대앉아
기러기 떼 날고 있는
노을 지는 강변을
고즈넉이 바라보고 싶어도

그대는
없고
항상 내 곁에
없고

詩의 소반에 차려진 사랑과 신앙과 의미의 양식을 먹는 즐거움

– 노희 시인의 세 번째 시집
『하나를 얻기 위해 백을 버린 여자』에 붙여 –

이충재(시인, 문학평론가)

①

이 시대를 일컬어 소통의 부재로 인한 진통을 가라앉혀 줄 처방전을 요구하는 시대라고들 말할 수 있다. 인간성 상실의 시대에 인간 위에 군림하는 물질을 향한 욕망과 탐욕과 맞서 싸울 진실된 영웅을 기다리는 시대라고도 거듭 말할 수 있다. 이 싸움에서 깊이 박힌 그 상한 영혼의 치유를 위한 명약이 무엇이며 또한 영적 전쟁에서 승리하기 위한 무기는 어디에 있는가? 고민하지 않는 이들이 많다는 것이 오늘의 삶을 더욱 슬프고 허전하게 만든다. 여전히 물질만능의 신

맘몬을 향해 '앞으로 가!'라는 명령에 따라서 오와 열 하나 틀리시 않는 획일적 목적의식을 가지고 전진 또 전진할 뿐이다. 이와 같이 명령과 복종에 익숙한 아바타와 같은 피조물들만이 기하급수적으로 증가하여 참된 소통을 하는데 애를 먹고 있다.

세상은 최첨단 무기를 발명하고 그 재고들을 쏟아부을 곳을 찾아서 특정한 영역을 점유(제국주의, 테러)하는데 아무런 죄의식을 갖지 않는다. 서로 부수고 살상하고 다시 재건을 한다고 하면서 또 은밀하게 살상 최첨단 무기를 연구하고 지구를 파멸시키고 인간들에게 굴욕감을 안겨주는데 결코 주저함이 없다.

정작 사람에게 필요한 것은 강한 힘이 아니다. 그들을 품어 안아 줄 부드러운 마음이다. 인간 서로에게 자랑할 것은 물질의 많고 적음의 결과물이 아니요, 권력과 명예가 아니다. 식지 않은 온기가 남은 손으로 상대의 피 묻고 고된 손을 잡아주는 따스한 사랑이다. 그리고 시공간을 초월하여 그리워하며 위안의 안부를 던지는 신뢰 속 굳은 삶이다.

불행하게도 이 세상은 이러한 인간 고유의 특성을 모두 잃어가고 있다. 역할을 망각한 채, 모두가 공격선방에서만 우왕좌왕 갈피를 잡지 못하는 동네 축구와 같이 서성일 뿐, 애매한 사람들에게 고통을 가중시켜 지속적으로 희생양 삼고 있다는 것이 바로 오늘이란 현실이다.

이러한 환경은 책임 있는 제 역할을 모두 박탈시켰다. 시인은 많다고들 하는데 순수하고 정의와 삶이 어우러진 참된 시인을 찾아볼 수가 없다. 정치인에게서도 국가와 국민을 사랑하고 위하는 참된 책임의식을 지닌 관을 소유하지 못한 자들이요, 철새요, 소인배적 근성들로만 가득한 패거리들에 불과하다. 교회는 많은데 아가페적 예수 그리스도의 종으로서의 소명을 다하는 헌신적이고 겸손한 리더들이 턱없이 부족하고 사랑을 몸소 행하는 그리스도인의 부재가 심각하다.

『모모』에 등장하는 시간을 도적질하는 사람처럼 21세기에 존재하는 모든 사람은 모두가 자기 시간을 도적질 당하고 여유 없이 분주한 생애를 살아들 가고 있다. 헤르만 헤세의 말을 빌리지 않아도 지금은 시인 스스로가 스스로에게 커피 한 잔의 무게가 실린 질문을 던져야 할 때다. '당신은 왜 시인이 되고자 했는가?' 인기나 돈 혹은 문학권력을 구가하기 위함이라면, 연예인이나 양말 공장의 공장장이 되는 것이 훨씬 더 나은 선택일 것이다. 고로 시인은 독행자로서의 길

詩의 소반에 차려진 사랑과 신앙과 의미의 양식을 먹는 즐거움

을 나서는 순례자요, 수행자처럼 묵묵히 걸어가야 할 기본기를 성신철학 깊이 묵여넣어야만 하는 것이다. 이즈음에 노희 시인이 세 번째 시집 『하나를 얻기 위해 백을 버린 여자』를 독자들 앞에 조용히 그리고 은밀히 내놓고 있다.

노희 시인은 20년이 넘게 문단에서 알아오고 만나온 순수한 그리스도인 시인이다. 그러기에 이번 세 번째 시집을 그 누구보다도 가장 궁금해 하며, 관심이 높은 사람이 바로 필자인 것이 얼마나 다행하고 행복한 일인지 감사할 뿐이다.

노희 시인은 이미 1992년 등단하기 그 이전에 첫 시집 『사람 숲으로 가서』(베드로)를 예수님의 사랑을 모르는 사람들의 양식으로 내놓았다. 이어서 두 번째 시집으로 2003년 출간한 『어부가 되리』(규장)로 지금까지 신실한 그리스도인으로서 예수 그리스도의 향기와 사랑을 몸소 행하며 살아오고 있다. 이 두 권의 시집은 모두가 믿음으로 살아오는 시인의 신앙 열매요, 열정의 결과물과도 같은 시편들이다. 그 이후로도 13년이 지났다. 아마도 당시의 노희 시인의 작품을 만나본 독자들이라면, 시인의 안부와 함께 시적 근황이 궁금하지 않을 사람들이 있겠는가. 독자들의

해설_ 이충재(시인, 문학평론가)

속을 많이도 태웠을 그리움에 답례라도 하듯 노희 시인이 이해 가을이 가기 전에 '사랑'과 '신앙'과 '삶' '시' 그리고 그동안 살아온 '일상적 단상'들을 버무려 건강한 영혼의 시 밥상을 차려 놓고 독자들을 초대하고 있다. 이제는 오셔서 마음껏 그 차려진 노희 시인의 시 밥과 시 반찬과 시 간식들을 마음껏 먹고 마시고 즐기실 자유와 은혜의 초대장을 독자들에게 보내려고 채비를 마쳤다.

2

머리 반백인 어느 촌부가 부르던
정선 아라리를 듣고 싶다

어릴 적 농사짓던 내 아버지 손마디, 근육 같은
내 어머니 즐겨 입던 무명치마 저고리 같은

들을수록 친근하고
들을수록 가슴 저린

'아라리 아라리요'

슬프디 슬픈 이우러지 익인내 마음 따라

그립디 그리운 내 고향 용궁으로 가는 신작로 따라

홀로 떠도는 실바람 되어

가없는 귀향길 가만 떠돌고 싶다

_ 「바람 부는 날이면」 전문

　오래전 정선에서 영월을 향해 흐르는 아우라지 뱃길을 따라서 트레킹을 떠난 기억이 난다. 물을 건너야 할 때면 초로의 사공이 띄우는 배에 몸을 실어야만 했고, 갈증이 날 때면 곳곳의 허름한 주막에 들려 옥수수 막걸리를 마시며 영월 읍내에 이르렀던 기억이 난다.

　필자가 알고 있는 노희 시인은 여행을 참으로 좋아하는 시인으로 알고 있다. 여권을 들고, 숙박권과 여행지를 탐방한다고 지도를 펼쳐 들고, 이것저것 잡다한 여장을 준비하며 분주해하는 등 요란하게 떠나는 여행이 아닌, 마음 내키는 방향과 때를 만나 훌쩍 떠

해설_ 이충재(시인, 문학평론가)

나 몇 날 며칠을 다녀오는 일명 무전여행을 즐겨 했던 시인으로 알고 있다.

그런 시인이 위의 시를 쓰는 것은 당연한 것이다. 그런데 왜, 하필이면 '아라리 아라리요' 정선 아리랑을 듣고 싶어 하며 콧노래를 흥얼거리는 것일까? 여기서 '아리랑'은 과거와 오늘을 잇는 한의 소리요. 디아스포라의 슬픈 운명을 지니고 살아가는 한민족을 그리움이란 시공간으로 불러내어 서로 하나 되게 하는 매개체요. 영혼과 육체가 그리고 과거의 가난과 오늘의 자족을 잇는 징검다리 역할을 톡톡히 하는 잊을 수 없는 가락인 것이다.

이 가락에는 이미 돌아가신 아버지의 농사짓던 손마디와 허허로운 웃음이 살아 숨 쉬고, 무명치마 저고리를 입고 부엌 안과 방을 서성이시던 어머니의 깊은 한숨 소리가 숨어있는 듣고 들어도 끊임없는 위안이되고 내일을 향한 새로운 결심 하나 길어 올리는 단초를 제공하는 멜로디 그 이상의 그 무엇이 된다. 그래서 시인은 '들을수록 친근하고/들을수록 가슴 저리다'고 고백하고 있다. 그런데 시인은 여기서 머물지 않는다. 인생 중반을 넘어선 시인은 아직도 가슴 깊은 곳을 쩌렁쩌렁 울리며 가슴 저리게 하는 그 소리를 찾아 떠나고 싶은 마음이 울컥울컥 올라오는 것을 억제하기 못함을 지금끼지도 경험히고 힌다. 그래서 시인은 다음과 같이 시를 잇고 있다. '홀로 떠도는 실바람 되어/가없는 귀향길 가만 떠돌고 싶다'

오늘밤
나의 불면은
커피 한 잔의 그리움

동그란 사기 찻잔에
반쯤 담긴
암갈색 향기

브르흐의
스콧틀랜드 환상곡
제3악장

머언 유년의
삐비꽃 피고 오두개 익던
계골밭 언덕
오늘밤

해설_ 이충재(시인, 문학평론가)

나의 불면은

뜨건 커피 한 잔의

향긋한 그리움

_「불면의 밤에」전문

여기서 '그리움'은 마치 노희 시인의 마스코트와 같은 분명한 형체로 그려져 독자들에게 다가오고 있음을 느낄 수 있다. 요즘 젊은이들에게는 좀처럼 들을 수 없는 단어 중 하나가 바로 그리움이다. 아니 오늘을 살아가는 중년에게도 이 같은 단어는 좀처럼 다정한 언어 사용법에서 점점 더 멀어져가는 단어 혹은 식상한 어휘로 전락한 듯 그 기분을 지울 수가 없다.

그리움은 사랑으로 나가는 중간지적 의미를 담고 있는 은근하고도, 사랑하는 마음의 점검, 확인을 요하는 경계점이라고도 할 수도 있는데, 요즘 젊은이들은 처음과 중간과 끝이 없다. 바로 본론으로 들어가 서로의 마음을 타진하기 때문에 참된 마음을 공유하는 신중함을 자꾸만 잊게 된다. 그러한 정서는 가히 심각하여, 사랑이라는 미명아래 끔찍스러운 사고를

詩의 소반에 차려진 사랑과 신앙과 의미의 양식을 먹는 즐거움

유발시키는 사회의 문제점이 되고 있음을 부인할 수가 없다.

그리움은 사랑과 동반어로써 사람의 애틋한 마음을 전달하는 가장 중요한 명사로 오랫동안 서로의 마음 깊이 남아 오는 참된 언어 중의 언어라고 할 수 있다. 그런데 시인은 그 그리움을 일컬어 '커피 한 잔의 그리움' '뜨건 커피 한 잔의 향긋한 그리움'과 커피 마니아적 고백을 하고 있다. 시인의 마음은 여기에만 머물고 있는 것이 아니다. 남들이 기피하고 싶은 '불면'에 있는 것이다. 사람들은 여러 가지의 경우로 불면을 경험하고 있다. 그런 독자들은 그 불면의 밤이 얼마나 고통스런 경험인가를 알 수 있다. 그런데 시인은 그 불면의 밤을 '커피 한 잔의 그리움'과 '브르흐의 스콧틀랜드의 환상곡 제3악장'을 듣고, '커피 한 잔의 향긋한 그리움'에 취해서 아름다운 불면의 밤을 맞고 있음을 위의 시에서 발견할 수가 있다. 그래서 시인의 고독과 불면은 더 이상의 고통이 아닌 아름다운 추억을 향해 나아가 잠 못 이루게 하는 환상곡이 되어 시인의 생애를 동행하는 울림이 되는 것이다.

사랑은 하나님이시다

세상에서 가장 거룩한 이름이니

이웃집 강아지 이름 부르듯 쉽게 말하지 말라

하룻길 소풍 떠나듯 가볍게 생각하여 그 이름 욕되게 말라

평생을 쉬지 않고 걸어도 정상에 오르기 어려운

한목숨 기꺼이 내어주고도

마주 앉아 겸상하기 송구스러운

곁에 나란히 누워 잠들기조차 민망한

스스로 동격임을 감히 지칭할 수 없는

그 높이와 깊이를, 한계와 규모를

논하기 어려운, 가늠조차 쉽지 않은 무궁한 실체

지상 최대의 과업이니

인간 생존의 목적이니

차라리 눈을 감으라

차라리 침묵으로 대답하라

더 이상 혼돈과 공해가 떠돌지 않게

소우주, 대우주 지병이 더는 깊어지지 않게

_「사랑의 공해」 전문

　유독 노희 시인은 사랑과 그리움에 대한 시를 많이
써 오고 있다. 그만큼 시인의 영혼은 아직 순수하고

詩의 소반에 차려진 사랑과 신앙과 의미의 양식을 먹는 즐거움

맑고 따스하다. 사랑이 변형된 개념어로 쉬 읽히는 시대를 향히어 사랑의 개념을 바로 집아주고자 하는 시가 「사랑에 대하여」와 「사랑은」 「사랑이 무엇이려뇨」 「검증된 사랑을」 그리고 「그리움」이다.

이 시집에서 읽히고 있는 노희 시인의 사랑 시편들을 감상하다보면, 시인의 사랑이 결코 보편적이거나 가벼운 유사사랑에 머물러 있지 않음을 발견할 수가 있다. 그만큼 이 시대에서 고백되어지고 회자되어지는 사랑은 천박한 논리에 처박힌 틀린 혹은 잘못된 받침과도 같이 사용되어지기도 하고 행위 되어지고 있음을 알 수가 있다. 즉 정확하게 수리되지 않은 엔진이 장착된 자동차를 몰고 긴 여행을 나선 뒤 만난 곤혹, 당혹감(고장 나 더 이상 달릴 수 없는, 여행을 멈출 수밖에 없는 상황에 이름)에 비유할 수 있다.

이 모든 사랑은 문제를 낳기에 필요 충분한 조건들을 지닌 채, 모두가 위태로운 곡예와도 같은 삶의 선상에 서 있다는 것이다. 그럼에도 불구하고 시인은 인간과 인간이 나누는 사랑 또한 그리움이고 아름답다고 말한다. 그러나 우리가 시인의 속삭임에 귀 기울여야 하는 사랑의 개념 앞에서 좀 더 신중해야 하며 냉정해야 한다는 것이다. 에로스 사랑, 필리아 사랑, 스

트로게 사랑만으로는 인간의 존엄함을 제대로 유지할 수 없다고 한다. 시인이 많은 사랑의 시편을 써 오고는 있지만, 늘 시인이 추구하고 애써 가슴에 품고 싶어 하는 사랑의 본질은 바로 위의 작품 「사랑의 공해」에서 보여주고 있다. 다시 말하면 전자에 언급된 세 가지의 사랑 위에 아가페적 사랑(사랑의 공해요소를 모두 배제할 수 있는 진정한 사랑)을 올려놓고 그 사랑을 절절하게 노래하고 싶어 하는 심정이 고스란히 위의 시에 담겨져 있음을 본다.

이 사랑이 제대로 성립될 때에, 인간성 상실로 인한 상처가 치유되고, 세상은 아름다워지고, 죄가 소멸되어지고 불신이 사라지고 질서가 새롭게 잡히고 죄로 인한 온갖 사건 사고로 인한 피해의식이 낳은 저항과 원망, 복수들이 사라지고 태초에 하나님이 창조하신 지구 그대로 '더 이상 혼돈과 공해가 떠돌지 않게' 소우주, 대우주가 더 이상 지병이 깊어지지 않게' 지상의 파라다이스가 도래할 수 있는 단초가 마련된다는 소망적인 기도의 내용이 역설적으로 드러나 있음을 볼 수 있다.

이 모든 것에도 불구하고 자신을 잃고 잘난 척하기보다는 오히려 '차라리 침묵으로 대답하라'고 단호하

詩의 소반에 차려진 사랑과 신앙과 의미의 양식을 먹는 즐거움

게 회초리질을 하고 있는 시인의 단호하고도 간곡한 당부가 이어시고 있음을 잊어서는 안 된다.

시인의 그 당부를 시에 실어 독자들에게 들려주는 전령자로서의 삶을 선택한 '시를 쓰는 여자'로 일생 살겠노라는 결단이 아래의 시편을 통해서 보여진다.

하나를 얻기 위해
백을 버린 여자

얻은 하나를 지키기 위해
천을 버린 여자

지켜온 그 하나를
끝까지 사랑하기 위해
전부를 버린 여자

여기에 누워 다시 꿈꾸다

_「어느 묘비명」 전문

해설_ 이충재(시인, 문학평론가)

시인은 얻을 수 있는 모든 것을 얻어 누리고 있다. 믿음직스러운 사랑하는 남편과 눈에 넣어도 아프지 않은 자녀들과 친구들과 사회적 지위와 학문의 다양한 경험, 신앙 등 예외 없이 시인의 삶을 유복하고도 행복하게 만들어주는데 지대한 영향력이 되는 것들을 이미 소유하고 있다. 그럼에도 불구하고 안주하지 않고 있음이 위의 시 1연과 2연에서 그대로 드러나고 있다. 더욱 비상한 것은 지금까지 지켜온 '그 하나'를 위해서 생애에서 얻은 전부를 버리고 살아가겠다는 각오가 여실히 읽혀지고 있음이다. 그렇게 살다가 비록 한 줌의 흙이 되어 옥토에 묻힐지라도 시인은 하나도 부끄럽지 않고, 슬프지도 않고, 후회도 없다는 말로, 이미 자신의 묘비명을 유서처럼 가족과 독자들에게 발설하고 있는 것처럼 들리는 것은 필자가 알아온 노희 시인의 아름답고도 순결한 믿음과 영혼으로 인함이다.

우리가 애써 시인의 '그 하나'를 알려고 하지 않아도 됨은 바로 시인 곁에서 서로를 얼마만큼 깊이 알아가고 이해하고 진실 되게 만나고 관계하는가의 인생 여정을 선택조건으로 삼을 때 가능한 것이다. 그런 관계 불이행을 염려하는 이들에게 시인은 지속적으로 시라

詩의 소반에 차려진 사랑과 신앙과 의미의 양식을 먹는 즐거움

는 작품을 통해서 자신을 일부러 노출시켜 독자들에게 그 기회를 선불로 줄 것이라고 믿는다.

　그 선물이 독자들의 삶에 이정표로 방향을 제시하고, 어두운 밤과 같은 이 세상을 밝히는 은은한 가로등이 될 수 있다면 아마도 그 묘비명은 성공적인 메시지가 될 것을 확신한다.

　　기름을 짠다

　　시간기름 종이기름 모국어기름

　　꽃기름 동백기름 콩기름 참깨기름

　　피기름 눈물기름 새우기름 절벽기름

　　산소기름 나비기름 안개기름 달빛기름

　　해초기름 강물기름 녹색기름 옹달샘기름

　　노송나무가름 자갈밭기름 별밭기름 암벽기름

　　철새기름 바람기름 명주실기름 새길기름 믿음기름

　　깊은 밤 홀로 깨어 품을 수 없는 별을 그리며

　　흐린 날 맑은 날 고궁을 산야를 바다를 떠돌면서

　　달빛 따라 우거진 소나무 숲 가파른 언덕길을 오르며

해설_ 이충재(시인, 문학평론가)

길을 막고 달려드는 서슬 푸른 파도를 잠재우고

물새가 건네준 은유와 밀담 나누며

생을 기울여 전심을 기울여

기름을 짠다

사랑기름을 짠다

_「시를 쓰는 여자」 전문

위의 시는 노희 시인이 지금까지 살아온 삶의 여정이자 앞으로 살아갈 시인이 가슴속에 담아 놓은 인생길을 알리는 청사진이라고 봄이 맞다고 본다. 위의 시에서 밝히고 있는 '~기름'은 단순히 여성으로서의 생활에서 느끼고 경험한 생활식용품으로의 모티프를 넘어서, 딸이자 애인이자 아내요 어머니로서의 여성성이 빚어낸 삶이라는 바다에서 만난 역사이며 현실인 것이다.

이 모든 것을 시와 기도의 그릇에 담아 놓고, 누구든지 원하는 이들에게 다가가 그들 영혼의 갈함을 채워 줄 한 모금의 물과 허기진 영혼을 채워 줄 한 톨의

詩의 소반에 차려진 사랑과 신앙과 의미의 양식을 먹는 즐거움

양식을 위해서 애써 지적 노동을 아끼지 않겠다는 시인이 결의가 엿보이는 아주 극명한 작품이라고 할 수 있으며, 그 거룩한 망명자적 삶을 향해 달려나가는 시인의 출사표와도 같다. 시인의 각오가 이와 같다면 이는 단순히 시인 행색께나 하면서도 진실을 왜곡하고, 세속적 인기나 명예, 혹은 물질에 현혹되어진 채 생명력이 없는 시를 남발하는 시인들과는 분명히 변별력이 내적 힘과 멋이 내재된 시인임이 틀림없다. 이 시는 지금까지 살아온 자신의 삶을 반추하고 독자들에게 공표하는 의미로 보여진다.

이 부분에서 우리는 노희 시인의 연약한 인간상을 놓칠 수가 없다. 왜 그럴까? 누구나 결심은 많이 한다. 가장 비겁한 사람에 대해서 노희 시인은 이미 알고 있는 듯하다. 세상에서 가장 비겁한 사람은 행동으로 옮기지 못하고 결심만 하는 사람을 일컫는다고 한다. 그런 의미에서 볼 때 시인은 자신의 소명을 많은 사람에게 공표함으로서 꼭 그 약속('건강한 시를 쓰는 여자로서의 삶을 살다가 돌아가겠다')을 지키기 위한 굳은 각오의 표출이라고 본다. 이 모든 것을 뒷받침 하고 있는 작품으로는 「시에게」 「나의 시가 2」 「황간 역으로 오라」 「포기할 수 없는 행복」이 있다.

해설_ 이충재(시인, 문학평론가)

마음 하나

내 곁에 있습니다

이 추위에 동사하지 않을

온돌 같은 마음 하나 내 곁에 있습니다

죽을 만큼 외로운 날

찾아가면 넉넉히 보듬어주는

애인 같은 마음 하나 내 곁에 있습니다

나는 그를

나의 일용할 양식이라고 부릅니다

나는 그를

나의 인생길 동반자로 부릅니다

나는

내 영혼의 주인이라 부릅니다

_「일용할 양식」 전문

詩의 소반에 차려진 사랑과 신앙과 의미의 양식을 먹는 즐거움

이 시는 노희 시인의 신앙의 절정을 보여주는 작품이라고 할 수 있다. 사랑에도 절정이 표기된다면 비로 이 시적 고백 위에 밝은 글씨로 사인이 명기 될 것이라고 믿는다. 이 시는 「그대 사랑으로」「새해 기도 1」과 「낳고 1」「위기」「유혹」과 이 시집에 수록되지 않은 몇몇의 신앙 시들을 대표하는 신앙고백이라고도 말할 수 있겠다. '죽는 만큼 외로운 날/찾아가면 넉넉히 보듬어주는/애인 같은 마음 하나 내 곁에 있습니다' 아니 그보다 덜하지도 더할지도 모를 인생의 고락이 찾아오더라도 보듬어 안아주는 애인 같은 마음 하나 곁에 있다는 그 고백, 그 고백의 대상이 인간일 수 없는 까닭에 그를 향해서 부족하지도 충분하지도 않은 하루 치의 양식으로의 '일용할 양식'과 아무도 나를 이해하지도 않는 또는 그들만의 스타일로 사랑해 오는 세상 사람들 그 누구보다도 아무 조건 없이 사랑해주고 보듬어 안아 넉넉한 인생의 버팀목이 되게 하시는 동반자로서의 그 한 분 '영혼의 주인' 되신 '예수 그리스도'이심을 고백하는 이 믿음이 이 시에 아주 잘 용해되어 녹아져 있음을 확인할 수 있다. 이와 같다면 앞으로 제4, 제5권의 시집은 보다 더 깊은 신앙의 열매로 맺어질 바로 그 신앙시집을 기대해 봄직도 하다.

해설_ 이충재(시인, 문학평론가)

영혼의 순수를 잃고 몸집만 부풀려가는 자칭 이 시대 하나님의 종이라, 자녀라고 하는 이들이 위의 시를 감상할 수 있다면 회개의 기도를 고하지 않을 아무 이유를 발견할 수가 없겠다.

배가 고팠다
무엇이든 먹어야 했다
평소에 즐기지 않던 라면이 들어왔다
이런저런 부재료는 생략하고 스프만 넣어 끓였다
급한 허기는 해결되었다

내부에서 미처 예상하지 못한
거부의사를 전해왔다
필요영양소를 고려하지 않은 채
허기만을 잠재우기 위한
임시방편 타협은 후에
더 큰 문제를 유발할 수 있다는 이유였다

방심을 넘어선 안이한 타협이 때로는
길을 막는 거대한 회오리로 돌변하여
공들여온 인생, 한 순간에 미아 되는

떠도는 철새들의 추락을 잊지 말라는

경고 같은 섬뜩이었디

_「귀가 후」 전문

　　이 시는 시인의 예지가 번뜩이는 작품이다. 1연과 2
연은 3연에 이르러서야 비로소 시인이 지금까지의 시
인으로서 그리고 신앙인으로서 보고 듣고 느끼는 바
를 단번에 쏟아 놓는 경고의 메시지라고 할 수 있다.
누구나 다 알고 있듯이 대한민국은 모든 정책이 근시
안적이다. 뿐만 아니라 가장 짧은 시간 안에서 경제성
장을 이룩한 자칭 아시아의 용이라고들 자축하던 때
가 몇 년이 지났는가? 오늘날 와서 가만히 그 겉과 속
을 들여다 볼 때에 지금도 옛 고백과 같이 자랑삼아
할 수 있겠는가?

　　이제는 모든 것이 '빨리빨리'라는 속물근성이라는
옥에 갇혀서 좀처럼 참된 자유와 가치와 의미를 잃고
말았다. 이처럼 병적인 세상을 향해서 시인은 시인 특
유의 혜안에 의존하여 직고하고 있다. '공들여온 인생,
한순간에 미아 되는/떠도는 철새들의 추락을 잊지 말

해설_ 이충재(시인, 문학평론가)

라는/경고 같은 설득이었다'

　누구나 모두가 추락하기 마련이다. 그러나 공들인 삶의 형이상학적 인생이 구축되지 않는다면, 그의 추락은 영원히 재건될 수 없는 완전점멸의 위기를 맞을 수 있다는 것을 노희 시인은 겸허한 어투로 삶의 동반되기를 원하는 모든 독자에게 권유하고 있다. 충분히 예상하고, 사유하고, 배려하고, 그리워하고 사랑하는 삶의 편을 택해서 책임 있는 삶을 살 수 있어야 한다고 들려주고 있다. 이 시대는 바로 그런 사람이 바로 희망이고, 꽃보다 더 아름다운 존재로서의 삶의 대상이라고 한다.

　혼자 우는 날이 많았다
　혼자서 울 일이 참 많았다

　홀로 깨어 잠 못 드는 밤이 많았다
　홀로 일어나 잠든 거리를 하염없이 거닐던 밤이 참 많았다

　혼자 우는 날이 많은 만큼
　혼자서 울 일이 많은 만큼

詩의 소반에 차려진 사랑과 신앙과 의미의 양식을 먹는 즐거움

홀로 깨어 잠 못 드는 밤이 많은 만큼

홀로 일어나 잠든 거리를 하염없이 거닐던 밤이 많은 만큼

내 인생의 풀숲에는

형형색색 들꽃이 가득 피고 있었다

_「결혼 후」 전문

시는 거짓을 모른다. 이 명제가 의미하는 것은 고로 참 시인은 거짓말을 고하지 못한다는 것이다. 그래서 한 사람이 한 권의 시집을 출간하여 독자들 앞에 내놓게 될 때면, 시인의 그간의 모든 삶의 민낯이 드러나는 용기 있는 결단이 아니고서는 시들을 좀처럼 독자들에게 선보일 수가 없는 일이다. 그런데도 노희 시인이 이같이 세 번째 시집을 상재하는 시인에게 있어서 시 쓰기는 천직이요. 그리스도인이 이 한 세기를 거룩하게 살아낸 소명의식으로부터 연유된 것임이 틀림없다.

이 시 말고도 이 시집에는 시인의 민낯을 알리는 작품으로서의 시 「어떤 사람」 「그리움」 「나도 몰랐다」 「아

버지 1」 「사모곡」 「무용대회장에서」 「부부싸움」 「아이에게」가 있다.

　시인이자 중년의 시대를 동반자로 살아오는 필자에게뿐만 아니라 중년의 위기를 맞으며 살아가는 시대의 아픈 영혼의 소유자들에게 시인은 따스한 메시지로서의 깃발 하나 선물로 건네고 있다. '굳게 닫힌 대문 앞에/마침표 대신 쉼표 하나 놓고 갑니다//자칫 화재로 이어질 불꽃 전쟁 대신/노란 깃발 하나 꽂아 놓고 갑니다//당신 마음 속 얼음 빗장 풀리는 날/굳게 닫힌 대문 화알짝 열어놓고//노란 깃발 뽑아 마구마구 흔드셔요'(「부부싸움」 전문)

　필자가 노희 시인의 작품들을 좋아하는 이유가 바로 여기에 있다. 결코 시인은 사랑타령조의 작품을 내놓지를 않는다. 그렇다고 인간의 소중한 사랑을 터부시하지도 않는다. 이 양 갈등 속에서 시인은 누구이 집을 떠나 이름 모를 곳에서 안식을 취하고 오기를 원하고 있으며, 용기를 갖고 살아가는 시인이다. 시인은 위의 작품들 속에서 이 시대를 살아가는 모든 부부에게 무언의 조언을 건네주고 있다. '당신 인생 풀숲에 형형색색 들꽃이 가득 피고 있기를…' 그리고 '화해의 노란 깃발 뽑아 마구마구 흔드셔요'

詩의 소반에 차려진 사랑과 신앙과 의미의 양식을 먹는 즐거움

③

한 권의 시집을 읽는다는 것은 그 시집이 탄생하기까지의 온갖 고뇌를 여과 없이 경험한 시인의 삶의 안과 밖에서 들려오는 시인의 신음과 웃음 그리고 영혼 앓이를 더불어 공유해야 할 공동체 의식 내지, 사랑 그리고 인고의 시간을 희생하지 않으면 안 된다는 것을 알게 된다. 그래서 시가 다른 장르의 문학보다도 긴장을 요하고 맛이 있는 것이다. 그만큼 시를 읽지 않는 이 시대는 분명 공동체 의식이 결여된, 이기주의란 판이 깔린 채 그 위에서 진실이 왜곡되고 사라진 겉멋에 취한 이들의 몸짓만이 흥정의 대상이 되는, 그런 곡예가 제값 운운하며 다툼을 유발하고 있다는 반증이다.

이제 세 번째 시집이 나오기까지 시인의 13년의 삶을 진지하게 관찰할 기회를 마칠 때가 왔다.

이 시편들을 읽으면서 시인에게 얼마만큼 '기쁨과 행복' '절망과 고뇌' '슬픔과 아픔' '외로움과 고독'이 시인 삶 언저리를 내내 따라다니며 보챘는가를 놓치지

해설_ 이충재(시인, 문학평론가)

않고 읽을 수가 있었다.

    냉골로 기일게 누운 채
    삭풍으로 문풍 대는
    온기 한 점 없는
    무덤 속 같은 빈-방
    재기의 문지방을 넘어

    새로운 불을 켰다
    밝고 부드러운 불빛 방안 가득 넘치고…

    _「새로운 시작을 위하여」 6, 7연

그럼에도 불구하고 시인은 다시 시작을 알리고 독자들에게 힘과 위안의 메시지를 주고 있음을 본다. 분명 노희 시인은 한 시인의 시편 고백처럼 '박해받는 순교자 같다./ 그러나 다시 보면 저 은사시무는, 박해받고 싶어 하는 순교자 같다.'(황지우의 시 「西風 앞에서」 일부)

절망 가운데 있는 이들을 향해서 시인을 잡아 이끌어주고 있는 창조자 하나님의 그 굳은 손과 같은 힘

詩의 소반에 차려진 사랑과 신앙과 의미의 양식을 먹는 즐거움

으로 독자들의 손을 놓지 않고 새로운 시작을 함께하자고 긴면의 노래를 들려주고 있다.

아무리 맘몬 우상이 판을 쳐 인간성 상실을 부추긴다고 해도. 인성이 상품화 되고, 사랑과 그리움이 마치 모조품처럼 취급당할지라도, 예수의 후예들이 참된 신앙의 가치를 저버리고 스스로들 타락의 길에서 경주를 한다 할지라도 '지켜온 그 하나의 사랑을 위해서 전부를 버린 여자'처럼 참된 인간의 이름으로 호명 되어지는 그 날을 위하여 함께 가자고, 새로운 시작을 하자고 청하는 시인의 손을 잡고 즐거운 망명자적 삶을 즐거이 해낼 수 있기를 바란다. 그 길목에 노희 시인의 이 시집『하나를 얻기 위해 백을 버린 여자』가 위로와 용기와 거침없는 영혼의 사랑의 메시지가 되어 독자들의 많은 사랑을 주고받는 중간자적 역할을 하기를 바란다.

해설_ 이충재(시인, 문학평론가)